잠과 이완이
함께 하시기를...

이민영

잠보의 사랑

이미상 소설

잠보의 사랑

차례

잠보의 사랑   7

작업 일기 : 어떻게 소설의 여운을 훼손하지 않으면서

                소설에 '관한' 이야기를 덧붙일까?   63

잠보의 사랑

내가 생각하기에 잠은 병이자 재능이다. 잠을 소(小) 죽음이라고 한다면 남들은 하루에 기껏해야 여덟 시간을 죽지만, 우리 잠보들은 최소 반나절은 죽고 그것이 정말로 죽어버리는 일을 막아준다.

  그리하여 과수면의 은총을 받은 잠보들, 부모와 자매와 형제로부터 잠을 현실 도피의 수단으로 삼지 말라는 지청구를 듣는 우리는 언제나 잠에서 깨고 싶으면서도 잠이 깰까 겁나 숨도 제대로 못 쉰다. 자칫 복식호흡이라도 했다가 두개골 안으로 신선한 공기가 밀려들어 와 정신이 차려질까 두렵기 때문이다.

애석하게도 내가 언제나 잠보인 것은 아니다. 아버지를 닮아서 예민한 나는 오히려 늘 신경이 곤두서 있기에 불면증에 시달리다가 어느 순간 다리가 꺾이듯 깊은 잠에 빠져든다. 잠이 오는 것은 괴로움이 더는 견딜 수 없을 지경에 이르렀을 때이므로 나는 애매한 불행이라면 질색이다.

고통이 끝까지 가지 못하고 적당히 구는 바람에 정신의 끈이 끊어질 듯 끊어지지 않고 수면을 방해하면, 제발 스트레스가 고점을 찍어 정신을 속 시원히 박살내주기를 바라게 된다. 마침내 정신이 부서져 쪼개진 두개골 사이로 잠이 걷잡을 수 없이 밀려들어 올 때에야 죽다 살았다고 느낀다―비록

지나친 수면 생활로 일상생활이 완전히 무너질지라도. 누구라도 그렇지 않을까? 우리에게 단 두 개의 선택지―3일 동안 두 시간 잠자기 vs 하루에 열일곱 시간 잠자기―만이 주어진다면 누구라도 몽롱하게 사는 쪽을 택하지 않을까?

아버지가 죽었을 때에는 수마(睡魔) 그러니까 잠의 마귀가 와주지 않았다. 그것은 내게 아버지의 죽음이 수마가 수면 가루를 뿌릴 정도로 괴로운 일은 아니었다는 뜻이다. 게다가 어찌 된 일인지 아버지가 죽자 그의 예민 병을 물려받은 듯 나는 더욱 신경이 빳빳이 곤두서서 불면증에 시달렸다. 어머니가 돌아가셨다면 잠이 쏟아져내려 괴로운 현실로부터 신속하고 효과적으로 도망칠 수 있었을 텐데 불경하게 아쉬워하며 뜬눈으로 밤을 지새우며 지냈다.

과거를 돌아보면 괴로운 일들이 수면의 능선

을 타고 과수면의 봉우리와 불면의 안부를 오르내리며 흘러가는 것 같다. 내 나이 스물다섯. 회상에 걸맞은 나이가 아니라고 생각한다면 그것은 편견이다.

*

아버지는 폭력적인 사람은 아니었지만 극도로 예민해서 자신과 가족을 괴롭혔다. 사립 고등학교 유휴 공간에 만든 민영 주차장 관리인이었던 그는 타고나길 감각적으로 민감한 데다가 갈수록 예민함을 느끼는 범위가 넓어졌다. 그에게는 모든 소리가 참을 수 없이 시끄럽고 빛은 따가웠다. 세상은 특별한 기술로 그를 괴롭힐 필요가 없었다. 세상이 발하는 모든 소리, 빛, 냄새, 에너지가 그를 공격했다.

언젠가 나는 아버지가 주전부리로 모나카를 먹다가 우는 모습을 본 적이 있었다. 갑자기 울기에 이유를 물어보니 얇은 껍질이 입천장에 달라붙었다는 것이다. 텁텁한 느낌을 넘어서 그에게는 그 얇은 쌀 과자가 질식에 가까운 공포를 불러일으켰다. 그는 자신에게 왜 이런 일이 일어나는지 이해하지 못하겠다는 듯 고개를 숙인 채 목 놓아 울었다.

내가 이 일화를 일러바쳐도 누나들은 시큰둥했다. 오로지 나만이 어떻게 그렇게 작은 일에 어른이 울 수 있느냐고 광분했는데, 누나들과 달리 아버지가 느끼는 감각이 무언지 알고 있기에 미래의 나도 그렇게 될까 봐 걱정됐기 때문이었다. 나도 아버지처럼 입안 점막의 감각에 민감했다. 어린 시절에 아이라면 누구나 좋아하는 아이스크림을 격렬히 거부했던 것도 점막에 닿는 냉한 감촉이 아파서였다. 나는 아버지가 왜 그러는지 알았기에 아버지에게 무심해질 수 없었다.

종일 세상에 두들겨 맞고 돌아온 아버지는 집에서만큼은 쉬고 싶어 했다. 언젠가 아버지가 놓고 간 야식 도시락을 가져다주러 주차장에 간 적이 있었다. 작은 유리창이 달린 관리실에서 아버지는 창문에 얼굴을 붙이고 눈을 크게 뜬 채 바깥을 바라보고 있었다. 의심 많은 경계하는 눈. 내가 창틀 아래 숨었다가 갑자기 나타나자 아버지는 순간 멍한 표정을 짓더니 성난 개처럼 창문을 세게 두드렸다. 나는 도시락을 두고 도망쳤다.

아버지에게는 집만이 유알한 안식처였다. 아버지가 바라는 완벽한 저(底) 자극 상태의 집을 만들기 위해서 어머니와 세 누나와 나는 긴장하며 살았다. 아버지의 가느다란 신경선이 겹겹이 둘러쳐진 집에서 우리는 극도로 살살 살았고 행위 하나하

나를 의식했으며 숟가락조차 편하게 내려놓지 못했다. 아버지에게 집이 살 만해질수록 우리에게는 집이 지옥이 되었다.

가장 기억나는 것은 꼬마 소등 감시원 활동이다. 작은 빛에도 잠을 이루지 못하는 아버지는, 그래서 모든 전자기기에서 빛이 새어 나오지 않도록 두꺼운 종이를 붙였다. 냉장고 전자 패널의 온도 표시, 전자레인지의 디지털시계, 공기청정기의 표시등, 빌어먹을 인터넷 공유기의 점멸하는 온갖 불빛을 가리기 위해 애썼다.

가끔 종이가 떨어져 빛이 새어 나오면 아버지는 자리에서 일어나 앉아 자신이 지극히 사소한 일에 정신이 찢어져버린다는 사실에 질려 소리 내어 울었다. 그 모습이 너무 무서워 우리 남매는 소등 감시 활동을 게을리 하지 않았다. 아버지가 귀가하기 전에 집의 모든 불을 끄고 어둠이 완벽한지 점

검했던 것이다.

 아버지가 죽고 우리는 아버지를 위해 했던 일이라면 그게 뭐든 하지 말기로 약속했다. 숟가락을 팍 내려놨고, 발꿈치를 이용해 콱콱 걸었다―과거에 우리는 까치발로만 다녔다. 아래층에서 층간 소음을 항의하러 올라왔을 때, 우리는 사죄하면서도 웃지 않으려고 콧구멍을 벌름거렸다. 요컨대 우리는 인간 스위치로서 볼륨과 조도와 움직임을 최소한으로 낮춰 살다가 아버지가 죽자 반동하듯 튀어올라 스위치를 강(强)으로 끝까지 돌려버렸다. 세상이 우리의 어깨를 붙잡고 늑골이 부러지도록 뒤로 쫙 펴주는 기분이었다.

 그렇게 사는 게 더없이 자유롭고 신나지려는데 어이없게도 아버지가 앓던 예민함이 나에게 물려 내려졌다. 아예 내 안에 없던 것이 생겼다기보다는, 아버지의 기세에 눌려 잠자고 있던 것이 아버지라는 마개가 뽑히면서 창궐했다고 봐야 할 것이다. 아버지가 요구했던 저 자극 상태가 나에게는 속박이 아니라 생존 조건이었음을 깨달았다. 누나들이 숟가락을 소리 나게 내려놓고 가전제품의 종이를 떼어버리자 나는 살 수가 없었다. 다시 아버지의 시대로 돌아가자고 몇 번이고 말하고 싶었지만 도저히 그럴 수 없었다. 겨우 살 만해진 가족들을 다시 과거에 처넣을 수는 없었다. 그나마 다행인 것은 본래도 태양인의 기질을 타고난 어머니와 세 누나가 아버지라는 마개가 뽑혀나가자 걸신들린 듯 밖으로 나돈다는 것이었다.

　네 여자는 직장 업무와 대학 수업이 끝나도 바로 귀가하지 않고 밤늦게까지 친구와 놀거나 실내 암벽 등반 같은 취미 활동을 즐겼다. 다른 가족들이 집에 붙어 있질 않았으므로 나는 집에 머물 수 있었다. 나도 아버지처럼 세상에서 내가 통제할 수 있는 집만이 안전하다고 느꼈고 고등학교를 졸업하고 집에 틀어박혔다. 가족들이 외출하면 거실로 나오고 귀가하면 방으로 들어갔다. 우리는 마주치지 않았다. 나는 혼자 사는 것과 다름없었다.

　가족들이 밤에 들어와 집이 소란해지면 집을 빠져나왔다. 후드 티셔츠를 뒤집어쓰고 마스크를 쓴 채 사람 있는 곳을 피해 밤거리를 돌아다녔다. 사람이 무서워진 지 오래였다. 사람이 무섭다고 말하지만 정확히는 사람들이 나를 보는 것이 두려웠다. 스치기만 해도 사람들이 나의 전모를 파악할 것 같았다. 내가 내는 소리를 듣고 냄새를 맡으리라 여겼다. 나조차 납득하기 어려운 이유로 대학 진학을 포기하고 집에 틀어박혀 몸무게가 급격히 불어난 나의 살이 터지는 소리를 듣고, 퀴퀴한 방 안 공기가 밴 내 몸 냄새를 귀신같이 맡을 것이었다.

　매일 밤 인기 없는 편의점에서 탄산수를 사 먹

으며 칩거 생활을 이어나갔다. 집에 오래 있으면 가슴이 답답해 탄산수를 주기적으로 복용해야 했는데, 가슴에 산탄 폭탄 같은 기포가 터지며 연쇄 폭발을 일으키면 아버지가 떠올라 눈물이 났다. 아버지는 탄산수도 못 마셨을 것이다. 얇은 쌀 과자가 입천장에 붙은 것처럼 무너졌을 것이다.

    내가 이렇게 수많은 예시를 들어도 둔감한 사람들은 물을 것이다. 도대체 예민하다는 것이 무엇이냐고. 구체적으로 어떤 느낌인 것이냐고. 피부를 얇게 포 뜬 후의 감각이 아닐까. 방어막이 사라지고 세상을 생살로 받는 느낌.

    아버지의 유언은 수의를 실크 소재로 해달라는 것이었다. 그러겠다고 하고서 우리는 아버지를 삼베로 감쌌다. 아버지와 같은 몸이 된 나는 그때 우리가 행한 작은 복수를 후회한다. 아버지는 살에 닿을 까슬까슬한 삼베의 감촉을 염려했다. 그때는 이미 오감이 다 죽은 시체가 되었을 텐데도.

*

　네 여자와의 동거 생활은 코로나와 함께 끝났다. 코로나가 가족들을 집으로 불러들였다. 맨 먼저 직장에 다니는 두 누나가 재택근무를 시작했고 뒤이어 대학에 다니는 막내 누나가 부엌에서 노트북으로 화상 수업을 듣기 시작했다.
　집을 벗어나야겠다고 생각하게 된 결정적인 계기는 막내 누나가 이어폰을 꽂지 않고 강의를 듣기 시작하면서부터였다. 심지어 누나는 볼륨을 최대한으로 틀어 온 집안에 생물학개론과 마르크스주의 경제학이 울려 퍼지게 만들었다. 나는 방으로 피신했지만 방에 있어도 백여 명이 들어찬 대형 강의실 교탁에 올라 따가운 시선을 받는 기분이었다. 무심

코 고개를 들었다가 깜짝 놀라 얼른 눈을 내리깔게 되는 경악과 경멸의 시선이 집 어디서든 느껴졌다.

"이어폰 꺼."

"너 그러다 줌 화면에 잡힌다."

나는 노트북 카메라 각도를 피했다.

"복수해야 해."

누나가 화면을 의식하며 손으로 입을 가리고 말했다.

"대학 새끼들이 등록금을 안 깎아준대. 캠퍼스를 쓰지도 않는데 공간 사용값을 안 빼준대. 비대면 강의만 듣는데 돈을 안 깎아주니 나도 복수할 수밖에. 너는 어차피 할 일도 없는데 누나 복수나 도와라. 별로 할 것도 없어. 한 사람 돈만 내고 두 사람이 수업을 듣는 거지. 마음 같아서는 식탁 아래 사람들을 숨겨놓고 몰래 강의를 듣게 해서 값비싼 사립 대학의 강의를 무료 시민 강좌로 바꿔버리고 싶지만 이걸 누가 듣고 싶어 하겠냐. 어쨌든 돈 욕심 사나운 대학에 복수할 길은 저작권 침해밖에 없어."

막내 누나는 다른 누나들과도 돌아가며 싸웠다. 도둑 수강하라며 일하는 누나들의 방문을 함부로 열었다.

마지막으로 돌아온 사람은 어머니였다. 수영장과 성당이 폐쇄되어 갈 곳을 잃은 어머니가 답답해 미친다며 남산을 맨발로 오르다가 발목이 나가 할 수 없이 집에 틀어박혔다. 어머니도 이갈이 하는 아기처럼 누나들과 싸워댔다. 그러나 그들의 얼굴에서 나는 기쁨만을 발견할 뿐이었다. 아버지가 살아 있었다면 꿈도 꾸지 못할 활기였다.

내가 독립시켜줄 것을 강력하게 주장하자 직장에 다니는 두 누나가 반대했다. 수능도 안 봤으면서, 지방 대학에 붙은 것도 아니면서, 통학하기 위해 자취해야 하는 것도 아니면서 집에서 월세까지 대주며 독립시키는 것은 안 된다고 했다.

"그냥 보내줘요. 쟤 우리랑 못 살아. 누구와도 못 살아. 쟤는 아빠를 닮았잖아요."

막내 누나가 내 편을 들었는데 진정으로 나를 위해서라기보다는 다수 의견에 무조건 반대하고 보는 습성 때문인 듯했다.

어머니의 판결은 합리적이고도 음흉했다. 첫째와 둘째 누나의 뜻에 따라 대학 입학을 조건으로 걸었고, 막내 누나의 뜻에 따라 독립시키기로 한 것이었다. 음흉한 부분은 내가 어느 대학에 들어갈지도 정해주었다는 것이다.

어머니에게는 오래전 먼 친척에게 반쯤 속아 산 2층짜리 구옥이 있었다. 구옥이 있는 구역이 재개발 될 것이라고 들었으나 아파트 단지가 들어선 곳은 건너편이었다. 〈오즈의 마법사〉에 나오는 에

메랄드 성처럼 보이는 하천 너머의 아파트 단지는—비록 미분양 사태가 났지만—그래도 어머니 집 동네에만큼은 위력을 발휘해 구옥들을 더 낡고 주저앉아 보이게 했다. 도시가스가 들어오지 않는 동네다. 1층에 살던 세입자가 더 이상 비싼 기름보일러 때문에 마음 졸이며 샤워하고 싶지 않다고 나간 후로 집은 1년째 비어 있었다.

"그 집에서 다닐 수 있는 대학에 가. 그러면 최소한 집값은 안 들지. 2층에 여자가 혼자 살아. 쉰은 되어 보이지만 마흔 초반이야."

어머니가 말했다.

그러니 결국 나를 대학에 보낸 것은 코로나였다. 수험생의 마스크 착용이 필수가 되면서 나는 그나마 시험장에 앉아 있을 수 있었다. 얼굴이 흰 공백에 뜯어 먹혀 반쯤 사라지고 나서야 대학에 들어가고 자취를 하고 사랑을 할 수 있었던 것이다.

*

 칠이 벗겨진 철문을 열자 시멘트가 발린 마당이 보였다. 마당 화단에는 키 작은 나무가 밀쳐진 듯 끝에 붙어 자랐고 짙은 보라색 열매가 달린 덩굴이 나무를 휘감았다. 가운데는 아무 식물도 심기지 않고 건조한 흙만 가득했다. 화단 앞에는 흙을 관상하듯 의자가 놓여 있었다. 마당을 둘러보고 집 앞 돌계단을 올랐다. 계단 양 꼭대기에 놓인 화분에 더럽고 지저분한 솜 인형이 꽂혀 있었다.

 '이마 위로.'

 나는 흙에 파묻힌 햄스터와 시베리안허스키 인형의 머리를 보며 합장했다.

 '수마가 수면 가루를 뿌려주시기를.'

 이 집에서 통학 가능한 대학에 붙었지만 다니지 않을 생각이었다. 아버지가 돌아가시고부터 시작된 불면증이 갈수록 심해지고 있었다. 장례식이 끝난 날 밤, 나는 아버지의 예민한 혼이 내 안에 들어온 것을 알았다. 초소형 인간이 된 아버지가 몸속을 이리저리 돌아다니며 작고 뾰족한 이빨로 신경을 긁어댔다. 어제까지 둔감하게 넘어갔던 것들이 거슬렸고 급기야 잠을 전혀 잘 수 없게 되었다. 3일에 한두 시간 잘까 말까 했다. 사람이 이렇게까지 못 자도 안 죽는구나 신기했고 한편으로는 사람을 이렇게까지 괴롭히면서 끝내 죽이지는 않는 불면증의 잔인한 나약함이 원망스러웠다. 불면증은 제 손에 피를 묻히기 싫어서 고통에 지친 인간이 스스로 최종적인 결정을 내리기를 기다리는 듯했다.

 그래도 집에 거의 혼자 있을 무렵에는 가만히 누워 있을 수 있었다. 그런데 코로나로 가족들이 집으로 기어들어 와 나에게 일어나 산책을 하라는 둥 햇볕을 쬐라는 둥 그래야 밤에 잠이 온다는 둥 잔소리를 해댔다. 그러기에는 내 수면과 각성 시스템이 너무 무너졌어, 나는 속편한 소리를 하는 어머니와 누이들을 보며 생각했다. 어지럽고 토할 것 같아 눕고 싶은데 계속 일으키는 가족들을 죽일까 아니면 내가 베란다에서 뛰어내릴까 고민하는 가운데 등장한 어머니의 구옥은 나뿐 아니라 우리 가족 모두를 살릴 유일한 피난처였다.

    처음 집에 들어와 바닥에 눕자 눈물이 흘렀다. 잘 수 있을 것 같았다. 수면 곡선이 바닥을 치고 상승하려는 기운이 느껴졌다. 과수면의 시기가 오고 있었다. 그렇게 잠의 범람을 맞아 편안히 추락하려는데 위층에서 개가 짖기 시작했다.

*

    "좆같은 게 뭐냐면, 좆같은 게 뭐냐면……."

나는 위층 사람에게 건넬 인사말을 연습하며 집을 나섰다. 한 달째 개 소음에 시달리다가 도저히 견디지 못하고 항의하러 가는 길이었다. 개는 집에 사람이 없을 때만 짖었으므로 조용한 것을 보니 사람이 있는 것 같았다.

윗집에 사람이 없는 날은 고정적으로 토요일 말고는 대중이 없어서 어느 주는 월요일과 수요일, 어느 주는 목요일과 금요일에 개의 광폭한 울부짖음이 터졌다.

하루 종일 소음에 시달려도 다음 날이 조용하면 그나마 버틸 수 있었다. 개의 비통한 울음소리에 종일 심장이 미친 듯이 뛴 날에는—돌이켜보니 공황 발작이었던 것 같다—윗집 사람이 집에 돌아오면 당장 뛰어 올라가 끝장을 보리라고 다짐했지만, 막상 사람이 돌아와 개가 조용해지면 항의를 미뤘다. 화를 더 쌓자고, 어중간 찔끔 싸지 말고 화를 완전히 폭발시켜야 문제가 해결된다고, 2보 전진을 위한 1보 후퇴일 뿐이라고 핑계를 대며 미적댔다. 개가 한창 짖을 때는 나도 제정신이 아니라서 화가 두려움을 능가했지만, 사위가 조용해지면 낯선 사람을 만날 생각에 속이 울렁거렸다.

윗집 사람, 그러니까 선숙이 누나의 행동 패턴은 극단적이라 종일 집 밖에 나가 있거나 집에 틀어박히곤 했다. 누나가 집에 있는 날, 나는 마루에 누워 누나가 내는 소리에 귀를 기울였다. 발소리를 따라 동선을 상상하고 파이프 관을 흘러내리는 물소리를 들으면 설거지를 하는가 보다고 생각했다. 변기 물 내리는 소리와 샤워 소리를 들으면 괜히 죄를 짓는 기분이었다. 그때는 누나를 직접 만나기 전이었으므로 어떤 부적절한 호기심이 있었다기보다는 나의 예민함이 온통 거기에 자동적으로 꽂혔다고 봐야 옳을 것이다. 청각을 통한 일종의 스

토킹은 나의 의지와 상관없는 병증이었다.

　이사하고 한 달이 되던 주에 누나가 나흘 연속으로 집을 비워서 정신이 완전히 피폐해졌다. 개는 누나가 나가는 소리가 들리고 나면 못 믿겠다는 듯 '컹' 짖고는 일고여덟 시간을 내리 울부짖었다. 분리 불안을 앓는 개의 아랫집에 살며 깨달은 사실은, 누군가를 간절히 부르는 소리란 종에 구분 없이 대개 비슷하다는 것이었다. 개는 종간의 차이를 넘어서 뻐꾸기 성대모사를 하기로 마음먹은 양 컹 다음에는 뻐꾹거렸고—그것은 약간 딸꾹질 소리 같기도 했다—그러다 갑자기 무언가를 깨달은 듯 비통하게 찢어지는 울음소리를 쉬지 않고 내질렀다.

　목이 쉬도록 지르는 그 공황 상태의 울부짖음은 자동차가 급제동하거나 손톱으로 칠판을 긁을 때 나는 소름 끼치는 소리와 같은 계열이었다. 그것은 인간을 애타게 부르는 소리라기보다는 모든 것을 잃었다는 날카롭고 애통한 인식에서 나오는 소리였다. 개는 자신이 완전히 버려졌다고 믿는 듯했다. 그렇지 않고서는 그런 소리를 낼 수 없었다. 인간은 돌아오지 않고 영원히 홀로 암흑에 갇힐 것이다. 개의 감정이 지독히 서렸기에 개의 울부짖음은 달팽이관을 너덜거리게 만드는 단순한 소음이 아니라, 사람의 신경을 머리끝까지 곤두세우면서도 원초적인 감정을 건드리는 정신을 향한 끔찍한 구타처럼 느껴졌다. 그런 일을 쉼 없이 당하다 보니 어느새 나는 누나의 집으로 올라가고 있었다.

인형 박힌 화분이 놓인 돌계단을 내려와, 집의 왼쪽 끝에 붙은 계단을 오르면 선숙이 누나가 사는 2층이 나왔고, 거기서 한 층 더 올라가면 옥상이었다. 나는 옥상을 찍고 다시 내려와 누나의 집 문을 두드렸다. 왠지 그래야 할 것 같았다.

문이 열리자 펫 도어 너머로 개를 안은 여자가 보였다. 작은 체구, 짧은 머리, 칙칙한 피부. 그나마 봐줄 것은 안광이었다. 흔히 총기 있는 눈이라고 부르는 그런 빛을 발하는 아몬드 모양의 눈. 오십대로 보이지만 사십대라고 어머니는 말했지만 내 입장에서는 그게 그거였다.

"제일 좆같은 게 뭐냐면,"

나는 준비한 인사말과 함께 핸드폰에 저장된 녹음 파일을 틀었다. 개의 울부짖는 소리가 흘러나왔다. 눈이 뿌연 개가 제 목소리에 답하듯 똑같이 울어 보였다. 심장이 다시 요동치기 시작했다.

"당신은 당신 개 소리를 들을 필요가 없다는 거야. 개를 컨트롤 못 하는 건 당신인데 왜 나만 고통을 당해야 해? 당신 개, 당신만 나가면 계속 짖어. 얘 때문에 나는 잠도 못 자. 하루 종일 미칠 것 같아. 나도 나에게 방법이 없다는 것을 알아. 개 소음은 층간 소음에 속하지 않아서 법적으로 할 수 있는 것이 없지. 그래서, 할 수 있는 게 없으니까, 다들 끝까지 가게 되는 거겠지. 나도 그렇게 될 것 같고."

끝이 무엇을 의미하는지 모호하게 남겨둔 채로 나는 말을 멈췄다. 감정을 쏟아내자 긴장이 풀렸다. 계속 화를 내야 해, 그래야 버틸 수 있어, 나는 숨을 빠르게 쉬었다. 가구가 거의 없는 집이었다. 개가 낑낑대자 누나가 개를 놓아주었다. 개는 거실을 가로질러 벽으로 가서 다리를 들고 오줌을 흩뿌리듯 쌌다. 누나가 물티슈를 뽑아 사방에 튄 오줌을 닦고 돌아오며 말했다.

"분리 불안이 아니에요."

"동물 학대야. 당신은 개 키울 자격 없어."

"일을 해야 해서 집을 비울 수밖에 없어요."

토요일 말고는 나가는 날이 중구난방이었기에 거짓말을 한다고 생각했지만, 이따금 밤에 탄산수를 사러 나갔다가 집 앞 공터에 승합차가 정차해 퇴근하는 사람들을 내려주었던 장면이 떠올랐다.

나중에 연인이 되고 알게 된 사실은 누나가 비정기적으로 일한다는 것이었다. 아웃소싱업체를 통해서 일용직 일거리를 구해 하루치 일당으로 생활을 이어나갔다. 수당이 붙는 주말과 야간 근무를 선호했는데 카운터 직원이 단체 예약 손님을 이중으로 받아 설거지 일손이 달리게 되었다거나, 수출 물량이 급증한 공장에 추가 인력으로 동원되어 빨라진 컨베이어 속도에 맞추어 화장품 용기를 조립하는 것 같은 고된 일이었다. 그래도 개를 되도록 연달아 혼자 두지 않고자 매일 출근하는 일은 피했다. 사정을 몰랐던 나는 나 혼자만 괴로움을 당한다고 생각했다. 개와 나만 고통을 받는다고.

"성함이?"

누나가 물었다.

"이름을 안 대도 경찰은 와."

내가 말했다.

"그게 아니라 그쪽 이름을 불러야 하니까."

나는 이름을 말해주지 않았다.

"개 키워본 적 없죠?"

결국 그 말이 도래했다.

갈비뼈 아래, 간 쪽에 묵직한 분노가 든든하게 자리 잡는 것을 느꼈다. 앞으로 나올 말은 능히 예상하고도 남았다. 지구는 인간만 사는 곳이 아니다, 동물이 인간에게 적응하듯 인간도 동물에게 적응해야 한다, 개는 짖는 동물이다, 못 짖게 하는 것은 인간 중심 사고 방식이다, 개를 피해 당신이 외출해도 되는 거 아니냐, 발상을 전환해봐라, 커피값은 내가 대겠다, 성대 수술은 말도 꺼내지 마라…… 이런 말들로 내 속을 더욱 뒤집어놓을 생각을 하자 신났다. 파국의 명분이 주어지는 것 같았다.

내면을 가로지르는 어떤 결핍과 결함을 느꼈지만 무시했다. 모든 분노가 그러하듯 개를 향한 분노에도 개와 무관한 내 문제가 섞여 있었지만 내 앞에 있는 이 작은 여자가 계속 짜증 나게 굴면 내 몫을 깡그리 무시하고 죽 내달리라. 나는 내가 왜 2층 계단을 오르는 데 한 달이나 걸렸는지 알고 있었다.

개가 종일 짖는다고 항의하면 상대는 나에게 물을 것이다. 왜 하루 종일 집에 있느냐고, 대체 뭘 하는 인간이기에 그 소리를 다 듣고 사느냐고, 갈 데 없고 할 일 없는 똥 같은 인간. 나는 내가 집에 처박혀 개의 울부짖음을 그토록 빠짐없이 듣는 것이 부끄러웠다.

'그러니 절대 사과하지 마.'

나는 누나의 발을 보며 생각했다. 슬리퍼를 신

지 않고 밟고 서 있어서 완전히 드러난 맨발이 불경하고 그래서인지 매력적으로 느껴졌다.

'뻔뻔하게 버텨. 죄송하다며 약소하지만 드시라고 부엌에서 레드망고 같은 거 꺼내 오지 말고 끝까지 가.'

나는 내가 개가 정말 그만 짖기를 원하는지 확신할 수 없었다. 이대로 개의 소리에 잠을 못 자고 신경이 곤두서다가 정신이 터져서 나도 모르게 참극을 벌여도 나쁘지 않을 것이었다. 그러면 나의 사사로운 과오는 묻힐 것이다. 대학에 붙어 등록금을 축 내면서도 막 시작된 대면 수업을 들으러 학교에 가지 않고 심지어 집에서 비대면 수업을 듣기 위해 노트북을 여는 행위조차 하지 않는, 나조차 이해 못 할 나의 행동을 모른 척할 수 있을 것이다.

"개 키워본 적 없죠?"

누나가 다시 묻고는 이어 말했다.

"사실 그건 그다지 중요하지 않아요. 자격이 충분한 사람만 동물과 같이 살 수 있는 건 아니니까. 개가 마킹을 못 고쳐요. 아직도 집 아무 데서나 오줌을 갈겨요. 그래서 계속 파양을 당했던 것 같아요. 마지막으로 이 개를 데리고 있던 사람들은 개를 집에 버리고 이사를 갔대요. 빈집에서 상자를 뜯어 먹으며 일주일을 버텼고 이웃들이 신고해서 보호소에 보내졌어요. 제가 보호 공고 마지막 날에 집에 데려왔고요. 안 데려오면 죽이니까. 그러니까 애가 겪는 건 분리가 아니라 유기 불안이에요. 내가 없어서가 아니라 아무도 없어서 우는 건데 빈집에 버려져 아사 직전까지 갔을 때의 기억 때문이겠죠. 개를 놔두고 일하러 가는 것이 떳떳하지 않지만 방법이 없어요. 집에 돌아오면 개는 목이 다 쉬어 있고 피를 토하기도 해요. 그쪽이 사는 게 사는 게 아닐 것이라는 것도 아는데 그래도 생활비는 벌

어야 하고 개를 다른 집에 보내고 싶어도 마킹과 유기 불안 때문에 다시 파양될 테고 그렇게 다시 보호소에 들어가고 운이 좋다면 어느 집에 입양될 테지만 나에게는 그것이 버려지기 위해 구해지는 일처럼 느껴져요. 이런 일이 반복되다가 죽겠죠. 그러니까 우리의 합리적인 해결책의 끝은 결국 개의 죽음이에요."

"뭔 소리야. 그런 거 있잖아. 개 심리 상담?"

"동물 행동 전문가에게 데려가기에는 내가 가난해서요. 그것이 개에게 미안하지는 않고요. 모든 개와 인간이 치유될 수 있는 건 아니죠. 안 된 채로도 살아야 하고요. 그런데 이제 고민 끝, 행복 시작이네요?"

뒤이은 누나의 제안을 듣고 머리가 하얘졌다.

누나는 나에게 자기가 없는 동안 개를 돌보라고 했다. 사람을 가리지 않는 개다, 누구든 같이 있어주기만 하면 조용하다, 그것 외에 당신과 개가 살 방법이 있는가?

"나더러 개 오줌을 닦으라고?"

"댁에 보낼 때는 매너벨트 채우죠."

누나가 허공에 떠도는 희미한 지린내를 휘감 듯 손가락을 돌리며 말했다.

"이건 내 원칙이고요."

매너벨트는 개 전용 기저귀를 의미하는 듯했다.

"나를 뭘 믿고? 내가 해코지하면 어떡하려고?"

"할 수 없죠. 인간이든 개든 방법이 없을 때는 위험을 감수해야죠."

개에게 기저귀를 채우기 싫어 오줌을 방치하는 헤픈 관용과, 죽이지 않으려고 최선을 다하지만 죽게 된다면 죽을 수밖에 없는 것 아니냐는 듯 마지막에 통제를 확 놓아버리는 과격한 과단이, 한 사람 안에 모두 있었다.

개가 나에게 다가와 몸을 비볐다. 내가 자기의 두 번째 반려 인간이 될 것임을 눈치채서인지 아니면 흥분의 냄새를 맡아서인지 교미 동작을 흉내 냈다. 그날 모처럼 나 자신이 싫지 않았는데 내가 한 인간의 겉모습만이 아니라 내면의 복잡성에 꼴릴 수 있다는 것이 큰 재능처럼 느껴졌다. 다시 보니 누나는 삼십대처럼 보였다.

*

나는 매너벨트를 갈아주는 법과 육포를 짧게 잘라 간식으로 주는 법을 배웠다. 누나는 출근길에 개를 우리 집에 데려왔다.

"최저는커녕 임금은 아예 못 줘."

어느덧 내게 말을 놓은 누나가 동물 돌봄 아르바이트 구인 공고를 보여주며 말했다. 시급과 업무

내용을 꼼꼼하게 확인하게 하고는 본래 내가 받아야 할 돈을 알게 했다.

"그러니까 아무 것도 안 해도 돼. 나는 너한테 이만한 돈 못 주니까."

이따금 누나는 내 집 청소를 해주었다. 노동 교환이라고 말했지만 개가 바닥에 떨어진 것을 주워 먹을까 봐 걱정되어 그러는 것이었다.

나는 개와 놀아주지 않고 다만 옆에 존재했다. 내가 잠들면 개는 알아서 놀다가 이따금 깜짝 놀라 내 방으로 왔다. 사람이 있는지 확인하려는 듯했다. 나는 나를 보러 오는 개를 보기 위하여 깨어 있기 시작했다. 기저귀를 차고 약간 다리를 절면서 완전히 오지는 않고 조금 떨어져 고개를 갸웃하며 내가 있는지 보러 오는 개. 나는 개에게 확인받기 위하여 살아 있는 것 같았다. 그것은 손으로 가슴을 천천히 두드리는 느낌을 닮았다. 검지가 쇄골뼈에 걸리는 순간, 내가 연기처럼 무형이 아니라 손이 닿으면 멈추는 묵직한 몸이라는 것을 깨닫는 것처럼 나는 개 덕분에 일주일에 두어 번 기체에서 고체로 변하는 것 같았다.

    셋이서 산책하는 날이 늘었고 선숙이 누나와 나는 자연스레 연인이 되었다. 그러나 모든 자연발생적인 연인에게도 부자연스러운 계기가 있는 법이니, 관계가 연인으로 변했던 순간을 떠올려보자면, 우리가 개를 안심시키기 위해 친한 척하면서 진지하게 가까워지던 시기의 어느 날이 생각난다. 개를 완전히 맡기기 전에 나에게 적응시키려고, 누나는 일하지 않는 날에 개를 데리고 내 집으로 와 함께 시간을 보냈다. 개에게 내가 견주인 누나에게 위험한 존재가 아니라는 것을 인식시켜야 했다.

    "진짜로 편해져야 해. 가짜는 소용없어."

    내가 억지로 웃을 때마다 누나가 따라 웃으며

말했다.

　　우리는 같이 밥을 먹고 과일을 먹고 맥주를 마시고 텔레비전을 시청하고 시원한 마루에 나란히 누워 이런저런 이야기를 나누었다. 자주 배정되어 일하러 가는 식당에서 누나가 오는 날만 기다렸다가 새 김치를 담가 주인이 얄밉게 느껴진다는 이야기 같은 것들. 내가 집에서 막내 누나에 의하여 강제로 마르크스주의 경제학을 들었다고 하자 누나는 재밌었겠다며 자신도 강의를 들어보고 싶다고 말했다. 식탁 아래 숨어 삶과 이론을 연결 지으며 골똘해지는 누나를 상상하자 흥분되었다. 인간적 미덕이 성적 흥분으로 전환될 때마다 내가 어른처럼 느껴졌다.

　　어느 날은 내가 온수가 나오지 않아서 며칠째 샤워를 못 했다고 하자 창고로 가서 기름통의 연료 눈금 게이지를 보는 법과 주유 차를 부르는 법을 알려주었다. 우리는 나중에 기름값을 핑계 삼아 가족끼리 차례로 목욕하는 일본 사람들처럼 내 집 욕조에 번갈아 들어가다가 연인이 되고부터는 같이 목욕했다.

    이따금 누나는 개가 우리의 친밀도를 의심하듯 물끄러미 보면 나에게 자기를 한 대 치라고 말했다. 나는 자리에서 일어나 누나의 머리 위로 팔을 크게 휘둘렀다. 누나의 뺨을 때리는 줄 알고 놀란 개가 나에게 달려들려는 듯 짖었다. 한참을 으르렁대다가 누나가 괜찮다는 것을 느끼고는 안심하고 자기 방석으로 돌아갔다. 나중에는 아무리 때리는 척을 해도 본체만체했는데 우리보다 먼저 우리가 연인이 되리라는 것을 알았던 것 같다. 후각이 발달한 종으로서 연인으로 가는 중간 다리인 둘만의 농담과 규약의 냄새를 귀신같이 맡아서. 그렇게 우리는 개를 볼모로 삼아 개에게 신뢰를 증명

하는 척하며 음흉하게도 우리끼리 친밀감을 쌓았고 허공을 가르는 가상 공격은 점점 본격적인 스킨십으로 넘어갔다.

　　날은 갈수록 더워져 바닥에 살이 끈적끈적 달라붙는 계절이 왔다. 누나는 열린 문틈으로 보이는 안방 침대를 가리키며 멀쩡한 침대를 놔두고 왜 바닥에서 자느냐고 물었고 나는 그게 바로 우리 집안의 오랜 미스터리였다고 말했다. 아버지가 어느 순간 갑자기 침대를 거부하고 바닥에 이불을 깔고 자기 시작했을 때의 황당함. 거실 바닥에서 자면 건물 계단을 오르내리는 사람들의 발걸음 진동이 고스란히 전달되어 괴로워했으면서도 그는 침대에 오르기를 거부했다.

　　"밤에 화장실에 갈 때마다 얼마나 조심했는지 몰라. 막내 누나는 일부러 아버지 머리 위로 넘어 다녔어. 그래야 아버지가 일찍 죽는다고. 장례

식 때 그 이야기 하면서 오열하더라. 나도 아버지가 왜 그러는지 모르다가 아버지 꼴이 나자 저절로 알게 되었어. 떠 있는 걸 못 참겠는 거지, 불안해서. 사실 공중에 떠 있는 게 아닌데 침대에 누우면 안정이 안 돼. 몸이 조각조각 나뉘어서 흩어지는 것 같아. 가장 낮은 바닥에 몸을 붙여야 겨우 조각들이 모이는 느낌이 들어. 왜인지는 모르겠는데 아무튼 그래. 피엠에스(PMS)라 그러나? 요새 그런 거 있다던데. 너무 예민해서 탈인 사람. 그것도 병이래."

"그건 아닐 거고."

누나가 인터넷을 검색하며 말했다.

"에이치에스피(HSP, Highly Sensitive Person). 고감도 성격이셨던 거지."

나는 아버지가 보였던 우스꽝스러운 행동들에 대해 떠들었다. 그것은 약간 떠보기였는데 이미 아버지의 행동이 나에게도 발현되었기에 누나가 어떻게 반응하는지에 따라 어떤 행동을 감출지 가늠하고 싶었다.

"죽기 전에도 진짜 골 때렸는데."

"아버지가 무슨 일을 하셨는데?

"뭐 그런 걸 물어."

"안 돼?"

처음에 누나는 내가 왜 불쾌해하는지 이해하지 못했다. 잠시 후에야 "아, 아, 그런 거," 하고 말했다. 누나에게 직업은 한 사람을 이해하는 최선의 방법이었다. 어디 사시는데요? 같은 질문으로 지대를 경유해 형편을 짐작하려는 의도 같은 게 없었다. 그랬기에 스스럼없이 무슨 일 하시는지 물을 수 있었다. 무례와 기품 사이에 놓인 듯한 그 질문이 아름답게 느껴졌지만, 등록금만 축내는 나를 누나가 어떻게 볼지 몰라 불안했다.

"고등학교에 있는 주차장을 관리했어. 주차 요

금 받고, 이중 주차된 차 밀고, 교직원 전용 구역으로 들어가려는 차 몸으로 막고 그런 거. 술을 마시면 일 이야기를 했는데 컴플레인이 끔찍하게 싫다고 하더라고. 이번 달 주차비 냈는데 차단기가 올라가지 않는다고 차량 등록을 까먹은 게 아니냐고 따지는 것 같은 거 말이야. 집에서 항의 전화를 받기도 했는데 어떨 때는 죄송하다고 하고 어떨 때는 도리어 성질을 내서 왜 저러나 싶었어."

"업무가 잡다하셨네. 나는 이거 조금 저거 조금 하는 일은 싫더라. 컨베이어 벨트 계속 타는 게 낫지."

주요 업무는 주차 요금을 받는 것이었다. 차단기 건너편에 작은 관리실 겸 숙직실이 있었다. 침대와 의자 하나로 꽉 찬 그곳에는, 사람 머리통 하나가 겨우 들어가는 작은 창이 있었고, 아버지는 그 창을 통해 주차비를 받았다. 창문 귀퉁이에는 아버지가 직접 쓴 공지가 붙어 있었다.

두드리지 마세요. 알아서 나갑니다.
※ 22시 이후 정산 및 출차 금지

그러나 사람들은 이용 시간이 끝나도 관리실의 불이 켜져 있으면 창문을 두드렸다. 커튼을 쳐놓아도 두드렸다. 불을 끄고 커튼을 쳐도 마찬가지였다. 아버지가 자다 말고 짜증을 내며 나가면 사람들은 아버지의 짜증을 제압하듯 더욱 화내며 왜 곧장 안 나왔느냐고 따졌다. 출차가 안 된다는 것을 받아들이지 못하는 사람들은 차단기 앞에서 아버지가 나올 때까지 경적을 길게 울렸다.

"토끼처럼 놀란다. 토끼처럼 놀라."

아버지는 말하곤 했다. 어릴 적에 처음 그 말을 들었을 때는 갑작스러운 소리에 깜짝 놀란 아버지가 만화에서처럼 천장까지 펄쩍 뛰어올랐다가 냄새 밴 전기장판으로 추락하는 모습을 떠올렸다.

"같은 반 애가 키우던 토끼를 학교에 데려온 적이 있어. 2학년 땐가 3학년 땐가 그랬는데 우리가 종일 토끼를 쓰다듬고 예뻐해줬더니 집에 갈 무렵에 죽어 있더라고. 토끼는 예민해서 스트레스받으면 잘 죽는대. 아버지나 토끼나 신경이 너무 팽팽했던 거지."

"사람들이 시도 때도 없이 창문 두드려서 놀라셨다며."

누나가 개의 매너벨트를 갈아주기 위해 일어나며 말했다.

"그럼 그건 산재네. 예민한 거 타고난 기질이 아니라 산업재해네. 살아 계실 적에 노무사에게 한번 가보셨으면 좋았을 텐데."

"아니야, 그런 거. 그럼 나는 어떡해."

기분이 좋아진 개가 꼬리를 흔들며 다가와 내 입가를 핥았다.

"물려 내려진 게 아니면 내 등신 같음은 어떻게 설명해."

"이리 와, 형아 그거 싫어하잖아."

누나가 개를 말렸다.

나는 죽을 무렵의 아버지를 떠올렸다. 그는 틈만 나면 병원을 빠져나가 병원 건너편에 있는 '애견 숍'에 갔다. 매너 있게 창문을 두드리지는 않을지라도 갑자기 얼굴을 들이미는 사람들을 피해 투명 전시 케이스 가장 안쪽에 붙은 개의 뒷모습을 보며 사람들은 말했다.

"쟤 봐. 데려가달라고 꼬리를 흔들고 있어!"

아버지는 갇힌 개들에게 수시로 갔다. 그러나 정작 아버지는 개들을 똑바로 본 일이 없었다. 개로부터 완강히 등을 돌린 채 앞만 노려보았다. 병원 관계자와 마찬가지로 나도 아버지의 행동이 이해되지 않아 짜증만 났다. 그러나 연인이 부여한 새로운 시각으로 보자, 아버지가 사람들의 침범으로부터 개들을 보호하려 했다는 것으로 이해되었다.

    아버지가 손수 적어 창문에 붙여 두었던 공지가 떠올랐다. 두드리지 마세요. 토끼처럼 놀라지. 토끼처럼 놀라……. 누나의 시선을 거치지 않았다면 나는 아버지와 애완 숍의 개가 창문을 통해 노출된 취약한 존재들이었다는 것을 알지 못했을 것이다. 그러자 누나는 갑자기 거의 내 나이로 보였다.

*

    마흔 살이 되기 전에 다이아몬드를 달고 다니는 건 저속한 취미예요. (……) 주름과 뼈, 백발과 다이아몬드가 어우러지잖아. 아, 빨리 그렇게 되고 싶어라.

『티파니에서 아침을』(트루먼 커포티 지음, 박현주 옮김, 시공사, 2013)

    누나와는 두 해를 사귀고 헤어졌다. 시작과 달리 끝은 모호했다. 매듭을 묶을 때와 다르게 풀리는 순간의 시작점을 찾기 어려운 것처럼 말이다. 서로에게 실망한 순간이 있었으나 헤어지기 두 달 전이었다면 문제가 되지 않았을 뿐 아니라 매력으로까지 느꼈을 테니 관점의 문제에 불과했다. 관점 이야기가 나와서 말인데 연인의 안면을 인식하는 데 있어서 권태가 모종의 역할을 하는 것 같다. 그렇지 않다면 이별에 가까워질수록 고개를 돌리다 우연히 발견한 누나의 얼굴에 내가 왜 그토록 실망했겠는가.

    나이 든 여자.

    누나는 결국 그것만이 되었다. 열거하기 어려

울 만큼 많은 매력과 장점을 가졌음에도 불구하고, 예컨대 남의 인생을 자기가 옳다고 믿는 방향으로 꺾으려는 의지가 거의 없으면서도 의리는 넘친다거나—누나는 개의 불안도, 배뇨도 고치지 않았고 그러나 개를 버리지도 않았다—사랑이 저물어가면서 최종적으로 누나는 젊은 남자가 만나기에는 부끄러운 사람으로 좁아졌다.

 누나가 변한 것이 아니라 사랑의 힘이 만들어낸 놀라운 관점의 변화가, 시간의 반격을 맞아 본래의 한심한 내 눈으로, 범속한 것에서 특별함을 발견할 줄 모르는 둔감하고 빤한 눈으로 돌아갔기 때문이었다. 그러자 나는 잠을 버리고 삶에 뛰어들려 노력했던 일들이 지겹고 귀찮고 번거롭고 짜증나서 다시 잠으로 회피하기 시작했다. 개에게 그랬듯 누나는 나에게도 무엇을 하라거나 하지 말라고 요구하지 않았기에 나는 사귀는 동안 반항하듯 누나가 바랄 만한 일들을 했었다.

　사귀고 1년이 지났을 무렵부터 나는 누나가 일하지 않는 요일에 일하기 시작했다. 우리는 개를 집에 혼자 두지 않기 위하여 번갈아 가며 여러 곳에서 일회적으로 일했다. 화장품 공장 물류팀에 출근하는 새벽에 잠에서 깨려고 거울을 보며 뺨을 착착 때릴 때면 내가 아내와 아기가 있는 늠름한 가장처럼 느껴졌다. 언젠가 누나는 천장 모서리를 보며 반은 쓸쓸하고 반은 호기심 어린 목소리로 말했다.

　"역할 놀이는 언젠가는 끝나."

　나는 그럴 리 없다고 맹렬히 우겼으나 내가 무엇을 부정하는지는 애매했다. 세 누나 사이에서 자란 막내둥이인 내가 낡은 양옥집에서 남편과 아버지 노릇을 하며 어른이 된 기분에 취했던 것일까. 우리의 사랑이 그토록 거짓이고 나의 자아를 드높이기 위한 디딤돌에 불과했던 것일까. 나는 모든 것을 다 아는 체하는 누나가 점점 지겨워졌고 매번 지는 것 같은 느낌도 싫었다. 그래서 한번은 소꿉장난 운운하는 누나에게 말했다.

"역할 놀이? 그렇다면 누나는 내 와이프가 아니라 장모뻘 아니야?"

그 말을 들은 누나의 표정은 기억나지 않는다. 그때 이미 회피가 시작되어 나는 고개를 돌린 채 내가 상처 입힌 사람을 보지 않고 바닥을 보고 있었다.

……그리고 또 기억나는 것은 아버지의 제사를 지내러 본가에 갔던 날이다. 헤어지기 반년 전이었을 것이다. 막내 누나가 부엌에서 줌으로 사람들과 조별 모임을 하고 있었다. 식탁에 놓인 소쿠리에서 부침개를 찢어 먹으러 누나 주변을 얼쩡거리다가 무심코 화면을 보았다. 대여섯 명의 얼굴이 격자식으로 떠 있었다. 내 나이 또래의 사람들. 누

나가 이어폰을 빼고—강의가 아니었기에 도둑 수강이라는 저항 행동은 잠시 중지되었다—의자 옆으로 몸을 기울여 고개를 젖히고는 팔을 덜렁대며 말했다.

"애들이 너 잘생겼대."

기분이 우려할 만큼 좋았다.

며칠 후에 친구로부터 피자 가게를 개업했다며 '제수씨'와 함께 오라는 연락을 받았다. 나는 누나와 헤어졌다고 말했다.

……그다음으로 기억나는 풍경은 계속 자는 나와 얌전한 개다. 헤어지기 한 달 전이다.

나는 아웃소싱업체에서 연락이 와도 받지 않았다. 누나와 개와 산책하지 않았고 퇴근하는 누나를 데리러 나가지 않았고 누나가 둘만 아는 농담을 시도해도 대답하지 않은 채 잠시 쳐다보고 말았다.

술을 자주 마셨다. 발기 실패에 자존심이 상하는 사람은 누나보다는 나 자신이었고 술은 실패의 좋은 핑계가 되었다. 술을 마시지 않았다면 누나의 늘어나는 검버섯과, 한때는 노화의 매력적인 재치로 느껴졌던 무성한 음모 사이에서 발견된 한 가닥의 흰 털을 걸고넘어졌을 것이다.

같이 목욕하지 않게 되었다. 우리를 받아주었던 사랑의 함대인 구옥의 욕조에는 연인이 아니라 인형의 대가리만 튀어나온 화분이 들어갔다. 등유 값이 급등하면서 누나는 샤워하기 위하여 값싼 공립 수영장에 갔다. 수영은 하지 않고 샤워만 해도 남는 장사라고 나에게 절약 팁을 알려주었다. 처음에 우리는 돈을 아낀다는 명목으로 한 욕조에 들어갔다. 그것이 나에게는 말 그대로 스킨십을 위한 구실이었는데 누나에게는 전부는 아닐지라도 약간은 현실이기도 했다는 것이 구질구질했다. 누나가 싫어진 만큼 개도 싫증 났다. 그러자 개도 나에게 알아서 거리를 두었다.

　　개를 때리거나 하지는 않았다. 잠보들의 의사 표현은 해를 끼치는 것이 아니라 책임을 방기하는 식으로 전달된다. 무엇을 하는 것이 아니라 하지 않음으로써 비겁하게. 개와 함께 있는 동안에도 나는 계속 잤다. 열두 시간 잤으면서 열두 시간 일하고 온 사람처럼 게걸스레 더 잤다. 잠이 덩치를 불려 집을 가득 메워 누나와 개를 현관 밖으로 밀어내길 바라며 신나게 잤다. 이따금 소변이 마려워 깨어나면 개는 짖지도 않고 나를 가만히 보고 있었다. 그 눈이 무서워서 나는 변기 커버에 오줌을 다 튀어가며 황급히 일을 보고는 침대로 돌아와 이마에 뿌려진 수마의 수면 가루를 문지르며 잠의 암흑으로 허겁지겁 도망쳤다.

　　어느 날 설핏 잠에서 깨니 누나가 개의 매너벨

트를 갈고 있었다. 적어도 네 시간에 한 번은 갈아줘, 처음 누나가 개를 맡기며 했던 말이 떠올랐다. 하루 종일 갈아준 기억이 없었다. 축축하고 무거운 기저귀를 벗기자 개가 몸을 발톱으로 긁었다. 누나가 개를 안아 배를 살펴보았다. 하루 종일 오줌에 짓물러 배가 빨개져 있었다. 습기에 차서 쪼글쪼글해진 여린 살이 가물거리는 눈으로도 보였다. 누나는 개를 닦아주기 위하여 물티슈를 뽑으려다가 말았다. 주머니에서 손수건을 꺼내 반절을 물에 적셔 개의 빨간 살을 아주 부드럽게 닦아주고, 나머지 마른 반절로 물기를 닦아냈다. 매너벨트가 없는 사이에 개가 오줌을 누려 하자 누나가 팔뚝으로 막았다. 누나의 팔에 흰색에 가까운 흐리고 따뜻한 물이 흘러내렸다. 나는 눈을 감았다. 내가 잔인했기 때문에 모든 것이 더없이 귀찮게 느껴졌다.

며칠 뒤 누나가 자고 있는 나를 조심히 흔들

며 헤어지자고 말했다. 다음 날 나는 본가로 돌아갔다. 구옥이 어머니의 것이었기에, 번거로운 서류 작업을 피할 수 있었다.

*

마지막으로 나의 최근 근황을 소개하자면, 오늘날 나는 행복하다.

새로운 대학에 다시 들어가 코로나가 끝난 캠퍼스에서 수업을 듣고 학식을 먹고 학생회까지 들어갔다. 데이팅 앱과 전통적인 연애를 동시에 진행하다가 여자친구에게 걸려서 합의하에 비독점적 관계로 바꾸었다. 그러니까 한마디로 나는 갓 성인이 된 어리숙한 남성이 지혜로운 연상 연인의 힘으로 회복하고 성장하는 통과의례 서사의 함의만큼, 딱 그만큼 행복하다.

작업 일기
어떻게 소설의 여운을 훼손하지 않으면서 소설에 '관한' 이야기를 덧붙일까?

안녕하세요, 이미상입니다.

잘 지내셨는지요.
아직 6월인데 날씨가 일찌감치 덥습니다.

소설을 끝마친 지금은 비가 내리고 아직 하늘은 어둡지 않은 저녁 7시 13분으로 저녁 약을 먹어야 하겠네요. 제가 하루에 두 번 먹는 약은 '훼로바-유서방정'으로 빈혈 예방 및 치료제입니다. 굳이 궁금하지 않은 과도한 정보(TMI, Too Much Information) 가운데 민감한 건강 정보를 노출한 까닭은 이것이 소설과 긴밀한 관계를 갖기 때문입니다.

본래는 소설을 다른 소재로 구상하였나 쓰는 도중에 빈혈이 심해져서 (그때는 빈혈인지 몰랐습니다) 계속 잠이 왔습니다. 소설이 안 풀려서 현실도피용 과수면이 강림하시는구나 우려하면서도 어쨌든 푹 자니 기분이 끝내줬습니다. 어찌나 많이 잤는지 대학 시절의 여름방학에 농민학생연대 활동을 마치고 집으로 돌아와 극도로 피곤하여 아침에 잤는데 일어나니 다음 날 아침이었던 때로 돌아간 것 같았습니다. 침대에서 몸을 일으킬 때마다 '나는 신생아다!' 외치며 얼굴을 만졌지요. 어찌나 피부가 기름지고 매끈하던지요.

　문제는 그러고도 또 잠이 온다는 것이었습니다. 피곤하고 어지럽고 무언가 머리 꼭대기에서부터 얇은 물줄기가 계속 흘러내리는 기분이었습니다. 결국에는 피 검사를 하고 철 결핍성이라는 진단을 받고 일시적으로 철분제를 먹게 되었습니다. 그제야 머리가 맑아져 다시 소설을 쓸 수 있었고요. 소설이 소설가에게 일기인 까닭은 소설에 현실 경험을 직접적으로 담아서만이 아니라, 소설을 쓸 적의 몸과 마음의 상태가 자연스레 스미기 때문인 듯합니다. 소설에 빈혈은커녕 피 한 방울 등장하지 않지요. 그래도 '잠보의 사랑'이라는 제목은 남고, 계속 자고 싶은 마음은 담겼을 것 같습니다. 솔직히 고백하면 빈혈 시기의 깊은 잠, 뇌에 산소 공급이 부족해져 발생하는 그 증상이 그리워 집에 굴러

다니는 비염 약을 집어 먹기도 하였습니다. 항히스타민제도 훌륭한 잠의 친구죠.

    작업에 영향을 준 요인 가운데 왼편에 빈혈과 수면이 있다면 오른편에는 친구들과의 인터뷰가 있습니다. 제가 아는 한 가장 개에 대하여 잘 알고 사랑하는 h 언니와 장시간 통화하며 개와 함께 사는 일에 대하여 들었습니다. 소설에 직접 적지는 않았지만 언니가 구조하였던 대형견에 관한 이야기가 떠오릅니다. 요가를 하러 가던 길에 구슬피 우는 소리가 들려 가보니 철 계단 아래 큰 개가 몸을 웅크리고 있었습니다. 개의 덩치와 사는 환경의 여건상 임시 보호 할 여건이 되지 않자 언니는 백방으로 수소문해 결국 개를 안락사의 위험이 높은 보호소에 보내지 않고 살릴 수 있었지요.

여행지에서도 혹시 반려 인간이 있는지 꼼꼼히 알아보고는 최종적으로 열악한 환경에 놓인 유기견이라는 것이 판단되면 어떻게든 도우려는 사람이라서 원래도 어디서 그런 헌신과 힘이 나오는 것인지 감탄하며 신기해했습니다. 소설을 준비하면서 친구의 이야기도 들을 수 있어서 좋았습니다. 건조하게 표현해 '소재를 위한 취재'라고 할 수도 있겠습니다. 그러나 그것은 소설중심주의가 아닐까 싶습니다. '취재 내용'은 소설에 쓰이지만 소설을 위해서만 존재하는 것은 아닙니다. 처음에는 그런 의도로 시작되었다고 하더라도 금세 자기 본분을 잊고 본래의 목적을 초과해버리죠. 그 자체로 소설과는 별개로 자신만의 생명력을 가지고 제 안에, 운이 좋다면 함께 대화한 사람 마음 안에도 즐거운 경험으로 남아 있을 것입니다.

그래서 가끔은 소설이 좋은 핑계 같습니다. 소설에 필요하다는 이유로 평소라면 낯 간지러워 하지 못했을 이야기를 진지하게 할 수 있기 때문이지요. 그런 의미에서 또 한 사람, j로부터 생산직 노동 경험에 대하여 들었습니다. 개인적으로 아직 민망해서 그런지 제가 몸소 겪지 않은 일에 대하여 취재를 했다고 하더라도 자세히 적지는 못합니다. 사실 관계가 완전히 틀리지는 않았기를 바라며 약간 스케치하고 넘어가는 정도에 머무릅니다. 그리고 언제나 저에게 이야기를 들려준 당사자가 그 경험에 대하여 쓰기를 바라고 촉구합니다. 그런 의미에서 j의 이야기를 기다립니다. 제가 읽고 싶어서 그렇습니다.

마지막으로 편집자 수향 님을 샤라웃해야 할 것 같습니다. 글을 읽고 매만져준 노고 때문'만'이 아니라 구체적인 소설의 지분 때문에 그렇습니다. 소설을 두 번이나 다시 쓰고 수향 님과 통화하였습니다. 한 번 소설을 완성한 후에 마음에 들지 않아 완전히 새로 써서 또 한 번 분량을 채웠는데도 망했다, 이건 말이 되지 않는다, 내가 무슨 말을 하는지 제대로 모르는 채로 분량만 채웠을 뿐이다, 엄살이 아니라 정말로 소설의 내적 논리가 세워지지 않았다, 펑크다, 드디어 나도 펑크를 내게 생겼다, 자자, 일단 자자, 너무 괴롭다, 그러니까 열일곱 시간 자자, 도피하자, 철분제를 괜히 먹었다, 뇌에 산소가 휘몰아치는 바람에 더 이상 찜통의 만두처럼 푹푹 자지 못하니 괴롭고 괴로워…… 하며 책상에 머리를 박으며 지냈습니다. 그러다가 사정을 알리기 위하여 수향 님과 통화하였고 그간의 원고를 읽은 수향 님의 조언으로 소설의 방향을 잡을 수 있었습니다. 구상의 절반을 날려버리고 인물들의 관계와 감정에 초점을 맞추자 하고 싶은 이야기의 뼈대가 잡혔습니다. 그렇기에 이 소설의 지분 가운데 상당량은 수향 님과의 통화에서 나왔음을 밝혀둡니다.

처음에는 작업 일기를 쓴다는 것이 난감했습니다. 많은 작가가 그러할 테지만 저에게는 제가 쓴 소설에 대해 설명을 덧붙이는 일이, 독자에게 선물을 건네놓고 제가 포장을 끄르는 일처럼 느껴집니다. 선물을 드리기는 드리는데 리본을 제가 풀어버리는 것이지요. 제일 즐거운 시간, 어쩌면 선물 자체보다 설레는 리본 푸는 시간을 제가 앗아간 것처럼 느껴져 전전긍긍한답니다. 그래서 항상 작가의 말이든 작업 일기든 소설에 대한 이야기를 덧붙일 때면, 어떻게 하면 소설의 여운을 상하게 하지 않으면서 그 자체로 재밌는 또 하나의 이야기를 쓸 수 있을까 고민합니다.

이른바 소설과 소설에 대한 글 사이의 거리 문제이지요. 소설에 대해 너무 설명하지도 않고 그렇다고 소설과 영 딴판의 이야기를 늘어놓지도 않는, 뭐랄까요, 내용물을 너무 꽁꽁 숨기려는 듯 팽팽하게 묶은 리본을 살짝 펴서 바로 잡는 상태가 추구미랍니다. 작업 일기에 어떤 내용을 담는가보다 글이 어떤 자세로 서 있는지가 중요하다고 할까요. 살짝 빗겨 서 있고 싶은데 어렵습니다.

그런데 여러분! 지금 현재 자신의 읽기 경험을 잘 관찰해보십시오. 소설에 관한 글이 덧붙여진 지금, 제가 썼던 소설이 기억나시나요? 지금의 글이 소설을 방해하나요? 아니면 풍부하게 하나요? 아니면 무관하게 느껴지시나요? 저로서는 독자의 반응을 알 수 없기에 궁금합니다. 언젠가 만나면 경험을 나누어주세요.

마지막으로 제가 소망하는 것은 독자 여러분이 원하는 만큼 충분히 자는 것입니다. 안 그래도 잠 못 드는 무더운 여름, 우리의 수면을 방해하는 열악한 삶의 조건들, 긴 노동 시간, 비가 새는 노후한 집, 의사가 시키는 대로 수면 위생을 다 지켰는데도 지칠지 모르는 불면의 폭주 같은 것들이 완벽하게 사라지지는 않아도 조금이라도 나아지기를 바라봅니다. 혹시 제 소설이 지루해서 잠이 온다면 그 또한 아주 나쁘지만은 않다고 정신 승리 하며 이만 물러나겠습니다.

이미상 드림

잠보의 사랑

초판 1쇄 발행 2025년 6월 30일

지은이 이미상

펴낸이 허정도
편집장 박윤희
책임편집 정수향
마케팅 신대섭 김수연 배태욱 김하은 이영조
제작 조화연
2차 저작권 문의 안희주 문주영

펴낸곳 주식회사 교보문고
등록 제406-2008-000090호(2008년 12월 5일)
주소 경기도 파주시 문발로 249(10881)
전화 대표전화 1544-1900 주문 02)3156-3665 팩스 0502)987-5725

ISBN 979-11-7061-279-7 (04810)
     979-11-7061-151-6 (세트)
책값은 표지에 있습니다.

• 이 책의 내용에 대한 재사용은 저작권자와 교보문고의 서면 동의를 받아야만 가능합니다.
• 잘못된 책은 구입하신 곳에서 바꾸어 드립니다.
• '북다'는 문학을 기반으로 다양하게 변주된 책을 선보이는 종합 출판 브랜드입니다.